PING-KEINU

Pertti Lehmuskoski

PING-KEINU

Kertomus Mailasta

nepalilaisesta pojasta

joka teki mattoja

Kuvat kirjoittajan ellei toisin mainita.
Kuvat kannessa ja sivuilla 9, 36, 75, 78 ja 80: Kirsti Kirjavainen.

Kustantaja: BoD – Books on Demand, Helsinki, Suomi
Valmistaja: BoD – Books on Demand, Norderstedt, Saksa
ISBN 978-952-80-0455-4

Sisällys

Alkusana

Asuimme perheeni kanssa vuosina 1991-99 Katmandussa, Nepalin pääkaupungissa. Olimme jo jonkun aikaa olleet maassa, kun eräänä kauniina aamuna lähdin pyöräilemään kaupungin ulkopuolelle. Asuintaloja ja pieniä kauppoja oli tien varsilla molemmin puolin. Erään kylän kohdalla kurkistin sisälle avoimesta oviaukosta. Raskas rautaovi oli nostettu ylös, mutta sisällä oli aika hämärää.

Hämmästyin valtavasti nähdessäni hyvin nuoria lapsia solmimassa mattoja seinien vierillä olevien mattopuiden ääressä. Lapset eivät varmaankaan olleet juuri kymmentä ikävuotta vanhempia.

Otin nopeasti muutamia valokuvia. Samassa ilmestyi ryhmä miehiä jostain kadulle. Heillä oli tiukka, ehkä vihainenkin ilme kasvoillaan. Selvästikään he eivät pitäneet minun läsnäolostani. Katsoin parhaaksi nousta äkkiä pyörän selkään ja poistua paikalta.

Myöhemmin toisella työjaksolla ollessamme opiskelin nepalin kieltä yliopistossa. Olin ainoa opiskelija luokallani. Päivittäin oli neljä oppituntia. Nepalilaisia opettajia oli useita ja he opettivat tunnin kerrallaan. Kuitenkin jotkut opettajista jättivät saapumatta paikalle säännöllisesti. Minulla tähden paljon vapaatunteja. Jouduin odottelemaan yksin enkä voinut lähteä kotiinkaan. Niinpä aloin kirjoittaa omaksi ajankulukseni paperille asioita, joita olin nähnyt ympärilläni ja kuullut opettajilta tunneilla.

Tämä kertomus Mailasta, matonkutojasta, syntyi noiden tuntien aikana Kirtipurin yliopistoalueella Katmandun ulkopuolella.

Yksi opettajistani kertoi tunnillaan kertomuksen Nepalin maaseudulta ping-keinusta, jollaisia kylissä rakennettiin juhla-aikoina. Siitä syntyi kertomukselle juoni ja nimi.

Ajatuksissani oli koko ajan kuva niistä mattoa sitovista lapsista, joita olin kuvannut pyöräretkellä kadun varren pienessä huoneessa. Maila, kirjan päähenkilö, on yksi heistä.

Kertomusta kirjoittaessani on ajatuksissani ollut lisäksi useita nepalilaisia työtovereitani, joiden kanssa liikuin ja tein työtä. Kertomuksessa kuvatut kristityt ovat siis todellisia henkilöitä elävästä elämästä, vain nimet on muutettu. Kunnioitan heitä suuresti ja pidän heitä todellisina Jumalan ihmisinä.

Näistä aineksista on koottu tässä kerrottu tarina Nepalista.

Haluan kiittää Kirsti Kirjavaista, pitkään Nepalissa työtä tehnyttä Suomen Lähetysseuran lähettiä, asiantuntijan avusta, tekstin lukemisesta, arvokkaasta palautteesta, neuvoista ja kuvista, jotka olen saanut tähän kirjaan.

(Kuva: Kirsti Kirjavainen)

*Iloisia kylän tyttöjä hoitamassa
pikku-kilejään*

1. Korkealla

Maila puristi kiinni ping-keinun käsin kierrettyistä köysistä tiukasti. Kyläläisten voimin oli juhlaa varten valmistettu vanhan tavan mukaan bambun varsista korkea kehikko keinua varten. Siinä keinuessa pääsi korkealle upeiden maisemien yläpuolelle.

Mailan ruskeat, likaiset jalat jännittyivät välillä eteenpäin, välillä taaksepäin ja vauhti lisääntyi. Mustat, suorat hiukset liikkuivat hieman pojan tullessa korkealle. Vauhti pysähtyi hetkeksi ja kääntyi syöksyyn. Ruskeilla kasvoilla oli ilon ja jännityksen sekainen pieni hymy.

Päivä oli mitä kaunein. Aurinko oli kulkenut reilusti korkeimman kohtansa yli. Ylempänä rinteellä olevat pengerretyt peltotilkut kasvoivat tähän aikaan vuodesta vehnää ja olivat kauniin vihertävän keltaisia. Jos käänsi katseensa alas, näitä tilkkuja näkyi pitkin rinnettä pidempinä ja lyhyempinä palapelin paloina. Kauemmilla kukkuloilla ne olivat kuin pieniä väripisteitä mahtavassa maalauksessa. Alhaalla näkyi ohuena viivana joki, joka kiemurteli vuorien ja kukkuloiden välissä, etsi itselleen tietä, päätyen jossain hyvin kaukana suureen valtamereen.

*Jokaisessa nousussa eteenpäin Maila kurkotti jalkansa
yhä pidemmälle ja painoi päänsä kauemmaksi taakse
päästäkseen korkeammalle.*

Koko päivän kauniit, valkeat vuoret olivat näkyneet kaukana. Tänään ne näyttivät jotenkin suuremmilta, ikään kuin ne olisivat tulleet lähemmäksi juhlistamaan tätä kaunista päivää. Alempaa kotoa niistä ei näkynyt kuin vähän huippua. Täältä ylempää, lasten leikkipaikasta, ne näkyivät suurina, melkein pelottavina. Siellä asuivat lumileopardit ja jakit omassa ylhäisessä yksinäisyydessään.

Toiset lapset keinun ympärillä olivat eloisia. Jotkut istuivat, jotkut hyppivät, jotkut juoksivat. Kaikki puhuivat ja huudahtelivat yhteen ääneen. Kaikilla oli samanväriset mustat tukat ja ruskea iho. Kasvot olivat enimmäkseen pyöreät ja silmät sellaiset iloiset tihrusilmät, jotka näkyivät mustan ruskeina paksujen silmäluomien välistä.

Maila oli rohkea keinuja. Hän keinui korkeammalle kuin kukaan toisista lapsista. Siksi hän sai useammin vuoron kuin muut. Ihaillen toiset katselivat hänen hurjaa vauhtiaan.

Oikeastaan Maila oli ottanut tämän rohkeutensa ikään kuin perintönä isommalta veljeltään, joka vielä vuosi sitten tähän aikaan oli ollut mukana lapsijoukossa. Hän oli ollut Mailaakin hurjempi. Nyt hän oli kaukana poissa kotoa. Ison veljen vauhdikas esimerkki pani nyt Mailan yrittämään vielä enemmän. Jokaisessa syöksyssä hänen hengityksensä lähes halvaantui. Jokaisessa nousussa eteenpäin hän kurkotti jalkansa yhä pidemmälle ja painoi päänsä kauemmaksi taakse päästäkseen korkeammalle.

Siinä vauhdissa ei ehtinyt nähdä pengerrettyjä rinteitä, ei alhaalla kiemurtelevaa jokea, ei ylhäällä kohoavia ikuisen jään vuoririvejä. Mutta voi, miten jännittävää se oli!

2. Veljen lähtö

Monta kuukautta oli kulunut siitä, kun Mailan vanhempi veli oli lähtenyt kotoa. Hänellä oli omakin nimi, mutta vanhemmat kutsuivat häntä Dsethoksi. Se tarkoittaa perheen vanhinta poikaa. Maila, jonka nimi tarkoittaa toista poikaa, kutsui häntä Daiksi, mikä tarkoittaa isoaveljeä. Heidän lisäkseen oli perheessä kaksi nuorempaa siskoa, bahinia ja yksi pikkuveli, jota kaikki kutsuivat Kantsoksi. Se tarkoittaa nuorinta poikaa.

Eräänä päivänä oli kylään ilmestynyt suuri ulkomaalainen mies. Miten moto, lihava hän olikaan ollut! Hänen ihonsa oli vaaleanpunainen ja tukka vaalea. Aluksi tuo bideshi, vierasmaalainen, oli näyttänyt aavemaisen pelottavalta. Ei hän edes puhunut tämän maan kieltä. Hänellä oli ollut mukana pieni, laiha nepalimies, joka oli puhunut välillä kylän miehille, välillä ulkomaalaiselle. Lapsista oli lopulta ollut hauskaa kuunnella tuon vaalean miehen puhetta. Hän puhui matalalla äänellä outoa kieltä. Välillä hän oli nauranut iloisesti rehevää, makeaa nauruaan.

Vähitellen lapset olivat alkaneet pitää vieraastaan. Vaikkei yhteistä kieltä ollut kuin muutama sana, he olivat tunteneet turvallisuutta ja lämpöä hänen lähellään. Pienemmät olivat jo istuneet hänen sylissään. Erilainen ulkonäkö ei ollut enää tuntunut yhtään pelottavalta.

Yhtenä päivänä vieras oli lähtenyt. Pieni, laiha nepalimies oli myös lähtenyt. Dai, isoveli ja kaksi muuta kylän poikaa olivat lähteneet heidän mukanaan. Kuinka se oli koskenut Mailan pienessä sydämessä. Hän oli rakastanut ja kunnioittanut veljeään. He olivat olleet niin läheisiä. Yhdessä he olivat kasvaneet, yhdessä leikkineet, yhdessä tehneet työtä pellolla. Yhdessä oli sukellettu alhaalla virtaavan joen kuohuihin. Yhdessä oli kiivetty leikkikentän korkean puun latvaan. Ja kuinka olikaan Maila ihaillut isonveljen vauhtia keinussa! Tämä oli ollut kaikkien lasten johtaja ja sankari. Nyt Dai vain hävisi Mailan elämästä.

Maila oli melkein luullut, että lihava ulkomaalainen oli varastanut veljen. Vanhemmat olivat joskus sanoneet lapsille, että polulla kulkeva ulkomaalainen, jolla on reppu selässään, varastaa tuhmat lapset. Sen tähden lapset pelkäsivät reppuselkäisiä ulkomaalaisia. Ja olihan tälläkin ulkomaalaisella, punaihoisella ollut reppu selässään. Ajatus vaivasi Mailaa.

Mutta ei sentään. Isä ja äiti olivat saattaneet Dsethoaan. Yleinen tapa oli, että lähdön hetkellä ei saanut itkeä. Jälkeenpäin oli äiti itkenyt ikävöidessään vanhinta poikaansa.

Maila ja siskot olivat seuranneet Daita alas joelle asti. He olivat katselleet, kuinka veli asteli reippaasti ulkomaalaisen perässä kapeaa riippusiltaa pitkin joen yli. Hän katsoi luottavaisesti tuohon isälliseen mieheen, joka johti pientä kulkuetta aluksi joen vartta. Sitten polku nousi korkeammalle ja hävisi pian näkyvistä. Sinne hävisi myös Mailan paras ystävä ja leikkitoveri, oma isoveli. Mutta lähtö ei ollut sellainen, että Dai olisi viety varastamalla.

Myöhemmin selvisi Mailalle veljen lähdön syy. Maila oli ollut niin syventynyt katsomaan outoa, punertavaa vierasta, ettei hän ollut ymmärtänyt aiemmin asiaa.

Kaukana Intiassa oli ulkomaalaisella suuri koulu, yli 700 oppilasta. Hän tahtoi auttaa lahjakkaita nepalipoikia, joilla ei ollut mahdollisuutta käydä koulua. Hän oli kertonut, että se on kristitty koulu. Siellä opetetaan myös elävästä Jumalasta, mutta ei pakoteta ketään kääntymään kristityksi. Tämä oli tehnyt Mailan isän vakavaksi. Hehän olivat hinduja. Jos hän antaisi poikansa vietäväksi kouluun, tulisi tämä ehkä eräänä päivänä kristittynä takaisin. Mutta toisaalta täällä kylässä ei ollut paljon mahdollisuuksia. Maata oli heillä vähän. Maanviljelyn lisäksi ei ollut paljon muita tuloja.

Isä teki päätöksensä. Vanhin poika lähtisi kouluun. Kaksi muuta lahjakasta poikaa siltä kylältä saivat isiltään saman luvan.

3. Paimenessa

Aurinko oli jo noussut, kun isä herätti Mailan eräänä aamuna. Koti oli kaksikerroksinen. Se oli rakennettu kivistä, kuten muutkin kylän talot. Ulkoa talot oli rapattu savella ja maalattu punertavalla multamaalilla. Alakerran huone oli keittiö. Sen seinät ja katto olivat mustan noen peitossa. Yläkerran ainoassa huoneessa perhe nukkui.

Mailan avatessa silmänsä olivat muut paitsi Kantso heränneet ja lähteneet. Isäkin oli pukenut ja laskeutui puisia portaita alakertaan. Maila hieroi silmistään unet ja meni isän perään.

Äiti ja siskot olivat laittaneet uhrilautasen nurkassa olevan jumalankuvan eteen ja palasivat viemästä riisi- ja kukkauhria kylän keskellä olevan suuren puun juurelle, jumalan alttarin eteen. Se oli yleensä äidin ja tyttöjen tehtävä.

Maila ei osallistunut näille aamu-uhraus matkoille. Joskus tiettyinä juhlapäivinä mentiin uhraamaan yhdessä koko perhe. Nurkassa olevalle kuvalle Maila kumarsi aamulla ohi mennessään kädet yhdessä kasvojen edessä. Joskus hänkin otti puun juurella olevalta alttarilta punaista väriä ja painoi thikan otsaansa. Joen yli siltaa astuessaan hän heilutti oikeaa kättään otsan ja leuan väliä, kuten oli nähnyt aikuisten tekevän. Uskonto oli tärkeä osa jokapäiväistä elämää. Mutta uskonnollisia tapoja suoritettiin lähinnä pelosta. Keittiön nurkassa olevaa jumalankuvaa Maila joskus pelkäsi.

Keittiön seinillä oli vielä jäljellä eri värisiä paperinauhoja ja koristeita, joilla pari viikkoa sitten kotia oli koristeltu dasai-juhlaa varten. Samettiruusuista tehtyjä, nyt jo kuihtuneita seppeleitä roikkui ovien yläpuolella. Dasai kesti viikon. Silloin tehtiin uhreja joka päivä. Lehmiä ei kylässä paljon ollut, mutta yhtenä päivänä oli käyty naapurin lehmälle uhraamassa. Lehmä on hindujen tärkeä eläin. He pitävät sitä yhtenä jumalana. Toisena päivänä oli uhrattu koiralle. Silloin koiria oli kuljeksinut kylässä seppeleet kaulassa ja punainen merkki otsassaan. Dasai-juhlan kohokohta oli ollut vuohen tappaminen ja siihen liittyvät menot. Sen jälkeen oli saatu syödä vuohen lihaa monta päivää.

Pienestä pojasta alkaen Maila oli tottunut näihin hindulaisiin tapoihin. Siskojen ja Kantson syntyessä oli hindupapin johdolla suoritettu uuden lapsen tuloon liittyvät menot. Kodalo, peltokuokka, ja muut maanviljelykseen kuuluvat työkalut olivat joka vuosi saaneet omat uhrinsa. Isän ja sisaren sairastaessa oli kutsuttu dhami, kylän noita. Hänelle, kuten papillekin, piti maksaa kana tai kaksi sekä riisiä ja vihanneksia palkaksi palveluksista.

Äiti ja siskot olivat suorittaneet uhraamisen tältä aamulta. He ottivat gaagronsa, messinkiset vesiastiansa ja lähtivät hakemaan vettä lähteestä kylän yläpuolelta.

Lähteelle johtava polku kulki aluksi kohti leikkipaikkaa, jonka suuressa puussa oli lasten pingkeinu. Sitten polku haarautui vasemmalle ja kohosi jyrkkää rinnettä eri suuntaan. Sinne hävisivät vedenhakijat astioidensa kanssa.

Maila alkoi auttaa isää kotieläinten hoidossa. Puhveliäiti tyttövasikkansa kanssa tuotiin pihalle. Isä lypsi puhvelin ja antoi osan maidosta vasikalle. Loput tuotiin astiassa sisälle.

Maila päästi vuohet ja kanat vapaaksi. Hän löysi muutamia munia, vei ne sisälle ja palasi heittämään kanoille jyviä. Isä halkoi vähän puita keittämistä varten ja käski poikaansa viemään ne keittiön ovelle.

Tänäänkin olisi kaunis päivä. Pilviä ei näkynyt missään. Aamun koleus oli väistymässä auringon noustessa korkeammalle. Tänään eivät lapset pääsisi leikkipaikalle. Kaikilla oli työtä. Maila menisi naapurin Sushila-tytön kanssa paimentamaan vuohia.

Palattuaan vedenhakumatkalta äiti tyttöjen avustamana valmisti ruoan, riisiä, rasvassa keitettyjä vihanneksia ja paistettuja munia. Isä ja Maila saivat lautaset ensin. Sormillaan Maila pehmensi riisiä, sai riisin päälle linssikastiketta ja alkoi sormillaan nostella ruokaa suuhunsa. Ruoan aikana ei puhuttu. Kaikki istuivat keittiön lattialle levitetyillä sukuleilla, olkimatoilla, tyhjentäen lautasiaan. Välillä äiti ojensi lisää kastiketta riisin päälle.

Vesiastia oli yhteinen. Jokainen vuorollaan kaatoi astiassa olevasta pitkästä nokasta vettä avoimeen suuhunsa.

Kun ruoka oli syöty, sormet pestiin ja hampaita purskutettiin vedellä. Maila otti nurkasta puolen metrin mittaisen taipuisan kepin, jonka toinen pää oli halkaistu, sekä lyhyen bambupillin ja juoksi ulos. Naapurin pihalla hän tapasi Sushilan, joka yritti tyynnyttää itkevää, alastonta vauvaa. Naani, tyttövauva, istui keskellä pihaa kädessään hiilloksella paistettu peruna ja huusi äitiään: "Aamaa, aamaa..."

-Pikkusisko, lähdetään. Pidä kiirettä, Maila huusi Sushilalle, naapurin tytölle. Täällä kaikki sanovat toisiaan siskoiksi, veljiksi, isiksi ja äideiksi, isoisiksi ja isoäideiksi, lapsiksi ja lastenlapsiksi, riippuen iästä. Eikä tarkoiteta ainoastaan oman perheen jäseniä. Sellainen on tapa tässä maassa.

Sushila kiikutti Naanin sisälle ja juoksi paimensauvan kanssa paimentamaan isänsä vuohia.

Yhdessä Maila ja Sushila lähtivät laumoineen laskeutumaan joelle päin. Maila halusi kerätä joella pieniä kiviä. Niitä hän tänään ampuisi mukaansa ottamallaan kepillä, jota sanottiin fitkauliksi. Kivi pantiin halkaistuun päähän. Kun keppiä taivutti ja heilautti sopivasti, kivi lensi kauas. Taitava ampuja, kuten Dai oli ollut, pystyi ampumaan jopa tarkasti. Mailakin tahtoi oppia sen taidon.

Bambuhuiluakin Maila soittaisi tänään. Se, kuten fitkaulikin, olivat Dain omaisuutta. Dai oli soitellut huiluaan paimenessa ollessaan. Maila oli joskus

Sushilakin oli perheensä vanhin lapsi, tottunut johtamaan, auttamaan, neuvottelemaan ja keksimään kaikenlaista hauskaa.

nukahtanut ison veljen istuessa puun oksalla soittamassa omaa musiikkiaan. Nyt hän tahtoi omia veljensä jättämät esineet. Ne toivat turvaa ja onnellisia muistoja pienen pojan elämään.

Sushilan kanssa oli mukava olla paimenessa. Hän oli hauska tyttö. Ei hänen kanssaan voinut riehua ja painia, kuten Dain kanssa ennen. Mutta Sushilakin oli perheensä vanhin lapsi, tottunut johtamaan, auttamaan, neuvottelemaan ja keksimään kaikenlaista hauskaa. Hänessä oli jotain samanlaista kuin Daissa. Siksi Maila viihtyi niin hyvin hänen kanssaan. Aika kului paimenkaveruksilta nopeasti.

4. Yllättävä vieras

-Namaste! Mikä sinun nimesi on? Mikä sisaren nimi on? Missä teidän kotinne on? Huojuvaa siltaa myöten vieras oli ilmestynyt yllättäen leikkivien lasten vierelle.

Yllättyneinä lapset vastailivat ujosti kysymyksiin.

-Mitä tietä päästään sinun isäsi taloon? Vieras jatkoi kyselyään Mailaan katsoen. Tämä osoitti pienellä sormellaan ylhäällä olevaa kylää ja yritti selvittää, mikä noista lähes samannäköisistä taloista oli hänen isänsä. Oli kuitenkin aika paimentenkin lähteä viemään vuohia kotiin päin. Yhdessä alettiin hitaasti nousta jyrkkää polkua ylös. Vuohet hyppivät milloin minnekin päin. Niitä täytyi sauvalla ohjata oikeaan suuntaan. Vieras kärsivällisesti odotti ja kulki hitaasti lasten tahdissa keskustellen heidän kanssaan kaikenlaista.

Ylös saavuttaessa lapset olivat jo vapautuneet. Vieras oli puhunut heidän kieltään, kysynyt heidän asioitaan. Hän oli heidän mielestään ystävällinen ja mukava. Hänestä oli tullut heidän vieraansa. Nyt he toivat hänet kuin oman ystävänsä kotiin. Aikuiset tulivat taloista pihamaalle vierasta vastaan. Lapset tulivat. Koiratkin kävivät haistamassa.

Ihmiset katsoivat ystävällisesti, mutta tutkien vierasta. Hän oli laiha. Posket olivat kuopalla ja ruskea nepalilainen iho oli hieman kalvakka. Hiukset olivat kiiltävän mustat ja aaltoilivat taaksepäin. Lapset katsoivat pitkään vieraan silmiä. Ne katsoivat kieroon. Oli vaikea löytää hänen katsettaan. Mutta kasvoilla oli levollinen ja ystävällinen ilme. Vieraan puhuessa hänen äänensä hieman murtui.

Jotkut katselijoista huomasivat myös ranteissa olevat jäljet. Molemmissa käsissä oli kämmenestä noin kymmenen senttiä ylöspäin tummansininen, hieman painunut jälki ympäri käsivarren. Jälki ei ollut leveä, vain vajaa puoli senttiä.

Keskustelu alkoi ilmoista, pelloilla kasvavasta vehnästä, lapsista, perheistä, vieraan kotipaikasta, vanhemmista ja muusta yleisestä. Näiden seutujen ihmisiä tuntui olevan, vähän eri suunnasta vain. Vanhemmat eivät eläneet, siskoja ja veljiä ei ollut. Ei ollut naimisiinkaan vielä ehtinyt. Kuinkas tässä maassa isätön ja äiditön menee, kun avioliitto on vanhempien keskinäinen sopimus? Monesti poika ja tyttö eivät edes näe toisiaan ennen häitä.

Joku uskalsi jo kysyä, millä matkalla vieras liikkui. Selvästi alkoi tulla lisää eloa ja voimaa ennestään ystävällisille kasvoille. Hän alkoi kertoa:

-Olen kristitty ja olen korkeimmalta Jumalalta saanut tehtäväkseni liikkua näillä mailla, oman entisen kotikyläni, isäni ja isoisäni kylän ympärillä kertomassa ilosanomaa.

Vieras kertoi tarkemmin lapsuudestaan, isänsä ja äitinsä kuolemasta sekä elämänsä muutoksesta pääkaupungissa, jonne oli ajautunut. Hän kertoi myös parantumisestaan rukouksen kautta.

Ihmiset kuuntelivat. Maila ja Sushila olivat vierekkäin kaikkein lähimpänä. He kuuntelivat ja imivät joka sanan. He tunsivat pientä ylpeyttä siitä, että olivat tuoneet tämän merkillisiä asioita puhuvan miehen heidän kyläänsä.

Jotkut kuuntelijoista olivat hiljaa sisimmässään vastaan. He eivät voineet hyväksyä tätä puhetta. Eivät he ymmärtäneetkään tällaisia asioita. Heidän jumalansa oli joko keittiön nurkassa, suuren puun alla tai suuressa joessa.

Mailan isä kuunteli. Äitikin kuunteli. Heidän mielenkiintonsa oli herännyt. He halusivat tietää, mitä siinä koulussa opetetaan, jossa heidän Dsethonsa oli. Koska vanhin poika oli mennyt kristilliseen kouluun, oli nyt isän ja äidin sisin auki, janoinen tietämään lisää ja lisää. Mitä vieras puhuikaan parantumisesta rukouksella? Mitä tarkoitti ilosanoma? Eivät ne kuulostaneet huonoilta asioilta. Vaikka puhujan ääni murtui välillä, oli hänen sanoissaan ihmeellistä voimaa. Ne synnyttivät kuulijoissa uteliaisuutta.

-Ilosanoma tarkoittaa sitä, että Jumala rakastaa ihmisiä. Hän on luonut heidät elämään maan päällä ja olemaan yhteydessä Häneen. Kun ihmiset kääntyivät Hänestä pois ja rikkoivat Häntä vastaan, Hän lähetti oman ainoan Poikansa ihmiseksi. Tämä

Jumalan Poika, Jeesus, ei koskaan tehnyt syntiä, ei edes pientä. Mutta Jeesus kuoli ristille nauloilla lyötynä uhrina. Tätä sanomaa Jumala on käskenyt minun täällä kertoa.

Mailan vanhemmat eivät muistaneet välittää, mitä kylän hindupapit sanoisivat. He pyysivät kulkijan kotiinsa. Hän saisi olla heillä niin monta yötä kuin haluaisi.

Illalla vieras puhui lisää. Hän kertoi Hyvästä Paimenesta, joka edellä kulkien johtaa laumaansa, puolustaa lampaitaan oman henkensä uhalla. Paimen saattoi jättää 99 lammastaan etsiäkseen yhtä kadonnutta. Välillä vieras viittasi puhuessaan Mailaan ja Sushilaan, jotka olivat olleet häntä vastassa vuohilauman kanssa joen varressa.

Maila ja Sushila istuivat vierekkäin puhujan edessä. He katsoivat toisiaan. Hän puhui heistä. Hekin olivat paimenia, kuten Hyvä Paimen. Oli paljon tuttuja asioita, joista vieraan oli heille hyvä puhua. He ymmärsivät häntä. Hyvä Paimen oli Jeesus, josta päivällä oli kuultu.

Välillä vieras puhui kuninkaasta, joka lapsena oli ollut paimenpoika. Hän oli puolustanut isänsä lampaita karhua ja leijonaa vastaa. Hänellä oli ollut aseenaan linko ja pieniä joen kiviä. Suuren vihollissotilaankin hän oli voittanut näillä aseilla. Hänestä oli tullut Jumalan kansan kuningas, nimeltään Daavid.

Miten mielenkiintoisia kertomuksia vieras kertoikaan! Maila ja Sushila jaksoivat kuunnella ja katsoa.

Isäkin istui miettiväisenä ja katsoi. Äiti nukkuva Kantso sylissään ja siskot kuuntelivat. Toisiakin kylän ihmisiä oli Mailan isän kodissa kuuntelemassa. Sushilan isä ja äitikin olivat.

Toisena iltana oli ainakin yhtä paljon ihmisiä mukana. Puhuja oli päivällä liikkunut pellon laidalla Mailan, Sushilan ja suuren lapsilauman seuraamana. Sieltä hän oli tuonut yhden, lähes kypsän vehnän, varsineen ja jyvineen. Sieltä oli löytynyt joukosta myös valhevehnä. Nyt hän kertoi siemenestä, jonka Jumala oli lähettänyt. Ihmisten sydämet olivat pelto, johon siemen kylvettiin. Siemen oli se ilosanoma, jota hän oli tullut kertomaan Vapahtajasta Jeesuksesta.

Mutta on myös toinen siemen, joka tahtoo tukahduttaa hyvän siemenen kasvun. Sen on istuttanut Jumalan vastustaja, sielunvihollinen. Tulee aika, jolloin Jumalan palvelijat, enkelit, erottelevat hyvät ja pahat. Hyvät tarkoittaa niitä, jotka ovat vastaanottaneet hyvän siemenen, ilosanoman. Pahat tarkoittaa niitä, joiden sydämissä ei ole ollut tilaa hyvälle siemenelle. Paha eli valhevehnä poltetaan ikuisessa tulessa. Se tarkoittaa ikuista kadotusta.

Ihmiset ymmärsivät tämän. He halusivat kuulla lisää, keskustella ja kysellä.

Seuraavana aamuna tulivat hindupapit ja dhamit, noidat, mukanaan kyläläisiä, jotka alusta asti olivat olleet vieraan sanoja vastaan.

-Sinun on lähdettävä nyt heti! Täällä ei saa opettaa ulkolaisten uskontoa. Meillä on omat jumalamme, joita täällä palvellaan. Sinä olet ollut vankilassa. Ja sinä joudut uudelleen vankilaan, ellet lähde. Heti!

Vieras oli kertonut eräänä myöhäisenä iltahetkenä Mailan isälle olleensa vankilassa. Siksi hänellä oli vielä jäljet ranteissa. Yli vuoden oli molemmissa ranteissa ollut tiukat kahleet. Tämän läänin pääkaupungissa oli tuo vankila. Pääkaupunki oli kaksi ristikkäin olevaa katua ja niiden varsilla oli pieniä kauppoja. Se oli enemmänkin pieni kauppapaikka, kuin läänin pääkaupunki. Siellä reunamalla oli korkealla muurilla ympäröity alue. Poliisit kulkivat muurilla ja torneissa. Yhdessä huoneessa oli ollut yli seitsemänkymmentä miestä. Toinen huone oli ollut naisia varten.

Vieras oli saanut kolmen vuoden vankilatuomion, koska hän oli kristitty ja toteutti Jumalan antamaa tehtävää kertoa ilosanomaa. Reilun vuoden hän oli ollut murhaajien, rosvojen, kapinoitsijoiden ja väkivaltaisten miesten keskellä ainoana kristittynä, kunnes hänet armahdettiin.

Tämä kertomus oli tullut nyt julki. Joku oli varmaan kuunnellut illan keskustelua Mailan isän ja vieraan välillä.

Papit kävivät vihaisiksi ja uhkaaviksi. Vieraan oli lähdettävä saman tien. Hän hyvästeli isäntänsä ja tämän perheväen sekä toisia ystävällisiä kyläläisiä.

Joitakin kirjasia hän jätti niille harvoille, jotka osasivat edes vähän lukea.

Niin vieras lähti. Maila ja Sushila jäivät kaipaamaan häntä, kuin läheistä ihmistä. Hän oli ollut heidän vieraansa. Vanhemmat ihmiset jäivät mietiskelemään hänen ihmeellisiä opetuksiaan.

5. Lisää vieraita

Eräs päivä muutti Mailan elämän täysin. Se muuttui aivan toisella tavalla kuin kukaan olisi toivonut. Oli kulunut kaksi vuotta Mailan ja Sushilan oman vieraan käynnistä. He eivät olleet unohtaneet häntä. Päinvastoin tuo vierailu oli heidän mielissään kuin eilinen päivä. Se oli kuin kirkas päivänsäde arkisten muistojen joukossa.

Kuitenkaan vieraan käynti ei ollut saanut aikaan mitään suurempaa muutosta kylän elämässä. Mailan kodissa elämä oli muuttunut vaikeammaksi. Kantson jälkeen oli syntynyt kaksi tyttöä. Peltojen sadot eivät aina olleet erityisen hyviä.

Mutta elettiin kuitenkin. Riisiä oli ja kalaa saatiin joesta. Puhveleita oli kaksi ja vuohia pieni lauma. Isä oli loukannut selkänsä ja oli joskus ärtyisä äidille ja lapsille.

Oli ollut jälleen päivä, jolloin lapset saivat vapaasti olla leikkipaikallaan. Mikä vapauden tunne oli jälleen ollut kiitää edes takaisin ping-keinussa! Kaikki olivat vuorollaan saaneet kiikkua, minkä uskalsivat. Maila oli ottanut Kantson syliinsä ja keinunut hiljaa hänen kanssaan. Sushila oli samoin keinunut Naanin kanssa.

Isommat lapset olivat jälleen kerran päässeet vapaiksi kaikista huolista ja vastuista, joita elämä heille jo nuorena oli tuonut.

Kaikkein korkeimmalle oli jälleen kohonnut Maila. Hän rakasti keinumista. Hän rakasti vapautta. Mutta ei tiennyt Maila-parka, että tämä oli hänen viimeinen kertansa pitkiin, pitkiin aikoihin kokea rakkaan ping-keinunsa vapautta. Oikeastaan hän ei enää koskaan kokenutkaan sitä tällä tavalla.

Lapset laskeutuivat kotipihaa kohti. Maila kantoi Kantsoa selässään. Naani istua nyypötti Sushilan selässä. Toiset lapset juoksivat yksin tai laskeutuivat käsi kädessä pienempien kanssa. Kaikki olivat tänään iloisia.

Pihalle tullessaan lapset pysähtyivät. Oli tullut vieraita. Kaksi miestä istui pihamaalla keskustellen vanhempien kanssa. Mieleen nousivat aiemmin kylässä käyneet vieraat. Heistä oli lapsille jäänyt miellyttävä muisto. Tällä kertaa näytti kuitenkin erilaiselta. Lapset vaistosivat sen ensi silmäyksellä. Kukaan ei mennyt lähemmäksi. Miesten yritys hymyillä lapsille ei ollut aitoa ja kutsuvaa. Se oli kova. He kutsuivat lapsia, mutta lapset eivät tulleet.

Miehet olivat keskustelleet Mailan isän ja muiden miesten kanssa. He olivat puhuneet jotain koulut-tamisesta.

-Antakaa meille poikianne. Me koulutamme heitä. Vähän tulee työtäkin tehdä. Mutta me maksamme palkkaa. Ruoan ja vaatteetkin annamme. Viemme heidät pääkaupunkiin.

Näin he olivat puhelleet suostutellen. He olivat luvanneet maksaa etukäteen tuhat rupijaa ja kuukaudessa kolmesataa rupijaa (nykyisin noin 2,5 euroa). Se tulisi suoraan kotiin vanhemmille. Se tuntui kylän asukkaista suurelta tulolta, koska enimmäkseen heillä ei ollut työstään ollenkaan rahapalkkaa.

Koulutuskin tuntui houkuttelevalta. Mailan isoveli ja pari muuta kylän poikaa olivat menestyneet hyvin Intiassa. He olivat kirjoittaneet kotiin ja olivat hyvin onnellisia koulussa. He olivat kehuneet kauniita koulupukujaan, ystävällisiä ja ryhdikkäitä opettajia, harrastuksia ja muita ihmeellisiä asioita. Nyt pääsisi Mailakin opintielle. Rahaakin vielä antaisivat, jos vähän tekisi töitä. Ja olihan Maila oppinut töitä tekemään.

Illalla isä ja äiti puhuivat Mailan kanssa.

-Huomenna sinä lähdet vieraiden mukana pääkaupunkiin. He kouluttavat sinua. Jos teet heille vähän työtä, he lähettävät tänne kotiin rahaa, jolla voimme ostaa pikkuveljellesi ja siskoillesi vaatetta ja jotain muuta.

Isän ääni oli rauhallinen ja suostutteleva. Mutta asia tuli Mailalle yllätyksenä. Toisaalta tämä oli sitä, mitä hän oli toivonut siitä asti, kun Dai lähti. Hän muisti Dain luottavan ilmeen tämän seuratessa ulkomaalaista. Hänelle oli luettu Dain lähettämät kirjeet. Ne olivat olleet innostavia. Sitä hänkin halusi.

Mutta nämä uudet vieraat. He olivat toisenlaisia. Hampaat olivat keltaiset. Silmät eivät olleet ystävälliset. Niissä oli epämiellyttävä, villi ilme. Sanat olivat mairittelevia, mutta ei luotettavia, kuten edellisillä vierailla.

Mitä saattoi Maila-parka sanoa! Isä oli tehnyt päätöksensä. Hän näytti uskovan miehiä. Äiti oli vähän epäröinyt, mutta ei ollut vaimolla sananvaltaa miehensä päätöksiin. Maila lähtisi aamulla viiden muun lähikylistä tulevan pojan kanssa kohti pääkaupunkia ja "loistavaa" tulevaisuutta.

6. Pois kotoa

Uusi aamu koitti kirkkaana ja aurinkoisena. Mailalle se ei ollut aurinkoinen. Hän oli nukkunut huonosti, kääntyillyt ja vääntyillyt vuoteellaan. Oli yrittänyt iloita, mutta levottomuus oli kuitenkin voittanut. Isä ja äiti hyvästelivät miehet, sitten poikansa hymyillen. Itkikö äiti jälkeenpäin, kuten Dain lähdettyä, sitä Maila ei saanut koskaan tietää.

Siskot, Sushila ja muita lapsia seurasi joelle asti. Sillalle tultaessa Maila katsoi haikeasti taakseen. Hän katsoi siskojaan. Hän katsoi pitkään Sushilaa silmiin. Olisi halunnut sanoa jotain hauskaa. Mutta sanoja ei tullut. Kuinka mukava oli ollut leikkiä yhdessä paimenessa ollessa! Kuinka suuri haikeus nyt täytti mielen!

Reippaasti Maila kääntyi sillalle päin. Hän yritti katsoa edellä kulkevia miehiä luottavaisesti, kuten Dai oli katsonut lähtiessään. Mutta katse laskeutui nopeasti alas. Silmissä musteni. Hänen lähtönsä oli erilainen. Itku pyrki tulemaan esiin. Mutta lähdön hetkellä ei saanut itkeä.

Maila katsahti nopeasti takanaan polulla seisovia lapsia. He näyttivät surullisilta. Sitten Maila astui huojuvalle riippusillalle ja alkoi taivalluksensa vieraiden ihmisten perässä. Pienessä repussa oli muutama vaatekappale sekä veljen fitkauli ja bambuhuilu.

7. Matka Katmanduun

Vaikka käveltiin reippaasti, matka lähimpään kaupunkiin kesti puolitoista päivää. Ylös ja alas. Oli jyrkkiä nousuja ja jyrkkiä laskuja. Mailalle se ei ollut vaikeata. Hän oli täällä syntynyt ja täällä kasvanut. Edellä kulkeville miehille kulku tuntui olevan vaikeampaa.

Kaupunkiin saavuttua syötiin ja juotiin. Aamulla oli majapaikassa saatu riisiä ja öljyssä keitettyjä vihanneksia. Nyt tilattiin jokaiselle rasvaisia, suolaisia rinkilöltä ja keitettyjä herneitä teen kanssa. Kovan kävelyn jälkeen ruoka maistui hyvältä.

Pääkaupunkiin lähtevää bussia ei tarvinnut kauaa odottaa. Ihmisiä sulloutui sisään. Tavarasäkkejä nosteltiin katolle. Istumapaikat oli myyty. Miehistä toinen pääsi etupenkille kuljettajan viereen. Toinen istui hänen taakseen. Käytävä oli sullottu täyteen ihmisiä ja heidän matkanyyttejään. Äitejä sylivauvoineen seisoi käytävällä yrittäen löytää hyvää kädensijaa vapaalle kädelleen. Rahastaja sulloi ihmisiä tiiviimpään, että kaikki lipun ostaneet mahtuisivat sisälle.

Kuusi poikaa saivat istumapaikkansa bussin katolla. Paikat siellä olivat halvimmat. Ennestään siellä valtavan tavaramäärän lisäksi oli vuohia ja kymmenkunta miestä. Sinne joukkoon oli noustava poikien, jotka ensi kertaa olivat kaupungissa ja ensi kertaa näkivät pyörillä liikkuvan kulkuneuvon.

Maila muisti Dain kirjoittaneen kirjeessä matkasta Intiaan. He olivat matkustaneet ulkomaalaisen maastoautolla. Heitä oli vain viisi ja kaikilla oli ollut väljät istumapaikat. Ei Maila ollut ymmärtänyt, mitä se tarkoitti. Mutta ei se tällaiselta vaikuttanut.

Bussi lähti lopulta liikkeelle raskaasti, jyristen valtavalla metelillä ja päästäen mustan savupilven taakseen. Ulkona joidenkin matkustajien saattajat vilkuttivat. Mailan murheelliset saattajat olivat jääneet kauas taakse. Mailalla oli kauhea koti-ikävä.

Bussin liikkuessa eteenpäin huonolla, kivikkoisella tiellä katolla olevat heilahtelivat epätahdissa puolelle ja toiselle. Jos oli sisällä ahdasta ja kuumaa, oli katollakin istuttava tulikuuman pellin päällä ja heilahtelu oli pahempaa kuin sisällä.

Jyrkässä ylämäessä bussi ei jaksanut vetää. Vasemmalla oli syvä pudotus alas, oikealla kohtisuora vuoren seinämä ylös. Turbaanipäisen kuljettajan oli peruutettava kapealla tiellä takaisin uutta vauhtia varten. Maila katsoi muita matkustajia. Olivatko he tottuneita kattomatkustajia? Eikö tämä ollut vaarallista heidän mielestään? Hän ei nähnyt pelkoa eikä levottomuutta muiden kuin viiden osatoverinsa ilmeistä. He olivat ensikertalaisia. Mutta jos eivät muut pelänneet, ei hänenkään tarvinnut varmaan pelätä.

Kuljettajan oli peruutettava bussi uutta yritystä varten. Sitä ennen kaikki matkustajat käskettiin ulos autosta. Oli helpottavaa nousta hetkeksi jaloittelemaan. Keventynyt bussi otti vauhtia jylisten. Kuljettaja yritti polkea kaasua, minkä pystyi ja hitaasti bussi nousi jyrkän mäen ylös asti. Kaikki sulloutuivat yhtä aikaa takaisin omille paikoilleen. Tönittiin ja hosuttiin. Puhuttiin yhteen ääneen. Ja niin matka jatkui.

Tämä sama operaatio toistui useassa jyrkässä mäessä. Kerran pysähdyttiin joen kohtaan juomaan. Oli asiaa myös metsään. Kuljettaja heilutteli käsiään ympyrässä rentouttaen harteitaan ja tarkasteli renkaita sekä lisäsi vettä jäähdyttäjään. Moottorin käynnistys ja kaasutus oli merkki matkustajille sulloutua jälleen bussiin.

Kuuden tunnin ajon jälkeen tultiin risteyspaikkaan, mistä alkoi parempi tie. Puolisen tuntia siinäkin paikassa vierähti odotellessa. Uusia matkustajia ahdettiin sisään ja kuljettaja taas kaasutteli mustaa savua ilmaan.

Jälleen matka jatkui. Jos oli keinuttelu huonolla tiellä ollut uusi kokemus Mailalle, oli sitä myös hurja vauhti paikoin kuoppaisella asfalttitielläkin. Bussi väisteli huonoja kohtia, jarrutteli, kiihdytti, teki koukkauksia milloin oikealle, milloin vasemmalle. Ilmavirta tuntui myrskyltä kasvoilla. Leikkipaikan keinuttelu tuntui tämän rinnalla leikkihommalta, vaikka olisi tosissaan kiikkunut.

Välillä vaihdettiin bussia. Mutta edelleen istuttiin tiiviisti katolla vuohien ja tavarakollien kanssa. Alkoi tulla ilta ja oli täysin pimeä, kun vihdoin lähestyttiin suurempaa kaupunkia. Mailaa pyörrytti ja oli paha olo. Vatsassa tuntui hirveä nälkä. Bussi puikkelehti ihmisten, autojen, savua tupruttavien bussien ja moottoririksojen kauheassa tungoksessa. Tien varrella olevat kaupat olivat auki ja paljas hehkulamppu roikkui kauppojen katossa antamassa valoa tavaroittensa keskellä istuville kauppiaille ja ostoksiaan tekeville asiakkaille. Olisi siinä ollut Mailalle paljon katsottavaa, mutta hän ei jaksanut nyt katsoa. Päivä oli ollut järkyttävän pitkä. Maila tahtoi alas. Hänen päänsä pyöri ympyrää ja vatsassa oli yhtä aikaa nälkä ja pahan olon tunne. Ja koko ruumis oli hirveän väsynyt.

Kuljettajan oli peruutettava bussi uutta yritystä varten.
Sitä ennen kaikki matkustajat käskettiin ulos autosta.

8. "Koulutus" alkaa

Maila ei tiennyt tarkkaa ikäänsä. Hän oli jonkun verran alle kymmenen tullessaan pääkaupunkiin.

Myöhään illalla linja-auto oli pysähtynyt keskustaan. Sieltä oli kävelty monta kilometriä kaupungin ulkopuolelle. Oli varmaan keskiyö ennen kuin tultiin talon kohdalle, josta poikia johtanut mies nosti ylös rautaisen, suuren liukuoven. Hän painoi katkaisijaa ja paljas hehkulamppu syttyi valaisemaan pientä huonetta. Mies käski poikien istua.

Jonkin aikaa odotettiin hiljaa. Mies oli hävinnyt jonnekin. Pojat olivat väsyneitä ja nälkäisiä. He eivät uskaltaneet sanoa mitään. Eivät he edes voineet käydä pitkälleen, vaikka yhden ja toisen pää retkahteli rinnalle.

Puolen tunnin odotuksen jälkeen mies palasi naisen kanssa. Nainen antoi teetä ja vähän ruokaa kullekin. Sitten hän järjesti nukkumapaikat pojille siihen samaan huoneeseen. Kukin sai ohuen huovan. Ei muuta. Edelleen oli hurja nälkä. Mutta kauan ei tarvinnut unta odotella. Rautainen luukku rämähti alas. Munalukot asetettiin paikoilleen ja kuusi nuorta nukkujaa saivat paeta hetkeksi unten valtakuntaan.

Mutta väsyneille nukkujille aamu tuli aivan liian pian. He heräsivät rautaoven räminään, kun se nostettiin ylös ja valoa tulvi pieneen huoneeseen. Nyt ei helliä sanoja tai sääliviä hymyjä tuhlailtu. Ulkona seisova mies poltti tupakkaa ja jakoi tiukkoja käskyjä pojille. Kukin sai peseytyä ulkona vesiraanalla. Matkavaatteet oli pestävä itse. Väliaikaiset lainavaatteet puettiin päälle. Jokainen sai mukillisen teetä. Tästä aamusta alkoi Mailan ja viiden muun pojan elämässä kova koulu.

Sen huoneen seinillä, jossa pojat olivat nukkuneet, oli suuret puiset telineet mattojen kutomista varten. Ne olivat pystyssä seinällä, toiset vasemmalla puolella ja toiset oikealla puolella. Niiden edessä oli penkit kutojia varten. Mies määräsi pojat istumaan penkeille.

Loimilangat oli asetettu valmiiksi mattopuihin. Erivärisiä lankoja oli jokaisen vieressä. Alkoi tiukka opetus. Ensin mies selitti yleisesti kaikille, mitä oli tarkoitus tehdä. Sitten hän opasti kutakin kädestä pitäen. Miten mallia oli luettava? Mitä värejä oli valittava? Miten lankoja oli sidottava?

Tästä alkoi koulutus, jota kesti päiviä, aamu kuudesta ilta yhdeksään. Aamuyhdeksältä pojat saivat riisiä ja rasvassa keitettyjä vihanneksia. Päivällä saatiin teetä ja annos kuivia riisihiutaleita tai keksejä. Illalla viimeiseksi saatiin riisiä ja keitettyjä vihanneksia. Joskus oli aamu- tai iltaruoalla myös paistettu muna. Hyvin harvoin, ainoastaan juhla-aikoina pojat saivat lihaa.

Maila muiden poikien tavoin alkoi oppia maton tekoa. Alku oli vaikeaa ja ikävää. Päivät tuntuivat loputtoman pitkiltä. Mutta vähitellen aika alkoi kulua itsestään työn teossa. Kului viikko, kaksi. Kului kuukausi, kaksi. Työ alkoi sujua itsestään, ilman virheitä, huutamista, haukkumista, rangaistuksen uhkaa. Seitsemän päivää viikossa, viisitoista tuntia päivässä pojat tekivät työtä.

Miehet olivat puhuneet Mailan isälle jotain koulutuksesta. Isä oli luullut sen tarkoittavan koulua, jollaista Dai kävi Intiassa. Miehet olivat pettäneet isää. Tässä oli kaikki se koulutus, jota Maila tuli saamaan tässä paikassa. Jäljellä oli työntekoa ja nukkumista.

9. Päiväunelmissa

Matot valmistuivat. Silloin miehet, jotka olivat hakeneet pojat heidän kylistään, tulivat ja veivät matot pois. Pojilla ei ollut tilaisuutta eikä haluakaan jäädä ihailemaan työnsä tulosta.

Maila oli katkera. Katkeruus lisääntyi, kun hän ajatteli, miten miehet olivat valehtelemalla vieneet hänet kotoa isän ja äidin, siskojen, pikku-Kantson, Sushilan ja muiden omien ihmisten luota.

Monsuuniajan tummat pilvet toivat sateita, jotka pehmittivät kovaa maata. Rajut sadekuurot tekivät maan pehmeäksi, jopa aivan upottavaksi liejuksi. Riisiä istutettiin veden valtaamille pelloille. Mailan sisällä liikkui katkeruuden sysimustia pilviä. Mutta ne eivät pehmittäneet sydämen maata. Katkeruus teki Mailan kovaksi ja synkäksi. Eikä hän voinut puhua eikä valittaa kenellekään. Hänen oli suljettava kaikki synkkä nuoren pojan sydämen kammioihin.

Joskus ääneti työtä tehdessään Maila palasi ajatuksissaan kotikyläänsä. Kädet tekivät työtä. Ne siirsivät ja sitoivat lankoja. Kaikki sujui itsestään, ilman suurempaa ajattelua. Ajatukset samaan aikaan siirtyivät omalle kotikylälle, takaisin lapsuu-

Maila muiden poikien tavoin alkoi oppia maton tekoa.
Alku oli vaikeaa ja ikävää. Päivät tuntuivat loputtoman
pitkiltä. Mutta vähitellen aika alkoi kulua itsestään
työn teossa.

den aikaan. Jos silloin joku olisi katsellut sivusta Mailaa, olisi hän nähnyt pojan kasvoille hetkeksi leviävän auringonpaisteen, onnellisen hymyn.

Ajatuksissaan Maila palasi leikkipaikalle toisten lasten joukkoon. Ajatuksissaan hän istui ping-keinuun, heilautti itsensä vauhtiin jaloillaan. Eteen ja taakse. Ylemmäksi ja ylemmäksi. Eteenpäin mennessä jalat ylös ja pää taakse. Vapauden tunne täytti nyt Mailan mielen. Hetkeksi hän pääsi vapaaksi. Kaukana näkyivät vuoret, alhaalla näkyivät pellot, joki, kotikylä. Ne toivat valtavan vapauden tästä elämän vankilasta.

Kuinka ylös hän nousikaan! Ylhäällä pysähdys ja henkeäsalpaava pudotus. Hän oli omiensa keskellä. Hän näki Sushilan lempeän, tyynen katseen. Hän jopa kuuli paimentoverinsa iloisen äänen tämän keksittyä jotain uutta ja hauskaa tekemistä.

Ajatukset palasivat yhä kauemmas taaksepäin. Maila näki veljensä istumassa puun oksalla bambuhuilu huulillaan. Kuinka elävästi kuuluikaan menneisyydestä huilun iloinen liverrys, ilman sen kummempaa säveltä. Veljen itsensä keksimää piipitystä. Mailan sisäiseen kaaokseen se toi nytkin rauhoituksen.

Dai ping-keinussa, se oli upeimpia näkyjä Mailan mielessä. Hän ihaili veljensä lentoa ilmassa edes takaisin.

Mutta siitä lähtivät ajatukset kelaamaan takaisin todellisuuteen. Dai lähdössä huojuvalla sillalla luottavaisesti katsoen isälliseen ulkomaalaiseen. Dai lähti pienen veljensä elämästä.

Sitten oli Maila itse samalla lähtijän paikalla. Yritys katsoa samalla tavoin. Vilkaisu surullisiin saattajiin. Järkyttävä matka bussin katolla. Saapuminen tähän työn vankilaan. Koulutusta. Työtä. Työtä. Aamusta iltaan työtä. Lankoja ja mattoja. Yksi matto tuli valmiiksi. Alusta jälleen kutomaan uutta mattoa.

Maila oli palannut vankilaansa. Vihan ja katkeruuden sysimustat pilvet peittivät hetken ajan näkyneen sinisen taivaan. Kasvoilla näkynyt auringonpaiste, onnellinen hymy oli hävinnyt. Tilalla oli epätoivo.

Useammin ja useammin Maila eli näissä päiväunelmissaan. Se oli ainoa tapa paeta ankeutta. Jonkun verran hän oli kiintynyt vieressään istuvaan pienikokoiseen, reippaaseen poikaan, joka usein lauloi yksitoikkoista laulua. Mutta pojilla ei ollut koskaan mahdollisuutta juosta, pelata, leikkiä tai painia, kuten heidän ikäisensä muualla saavat tehdä. Tässä työn vankilassa he olivat saaneet toisistaan hiukan sitä turvaa, jota heidän olisi tullut saada kodeissaan.

Erään kerran Mailan palatessa päiväunelmistaan oli vieressä istuva poika pahoinvoiva ja huonon näköinen. Hän alkoi oksennella ja menetti nopeasti voimiaan. Sitten hän ei jaksanut enää tehdä työtään. Hänet vietiin pois eikä Maila enää koskaan tavannut häntä. Ei edes kuullut, miten hänelle oli käynyt. Sitten tuotiin tyhjälle paikalle uusi pelokas poika, jolle Maila sai opettaa maton teon alkeita.

Myöhemmin työ muuttui kuusipäiväiseksi. Lauantai oli vapaapäivä. Silloinkin sai tehdä työtä, jos halusi. Lauantain työstä maksettiin pojille vähän palkkaa. Joskus Maila yritti työskennellä vapaapäivänä saadakseen omaa rahaa. Olisi ollut hauska ostaa itselleen jotain omaa, juoda pullo Coca-Colaa, saada uusi, värikäs T-paita tai kangaskengät. Useimmiten pojat olivat kuitenkin niin väsyneitä lauantaisin, että he nukkuivat melkein koko päivän.

Elämä jatkui tällaisena kuukausi toisensa jälkeen. Mattoja kutovat pojat eivät olleet enää lapsia. He olivat tulossa nuorukaisiksi. Jos he olisivat saaneet käydä tämän ajan koulua, he olisivat jo pitkällä opinnoissaan. Eikä Maila ollut mikään tyhmä poika. Hän olisi hyvinkin pärjännyt opintiellä. Nyt nuori elämä kului hukkaan tässä kirotussa paikassa.

Eteenpäin vaan mentiin. Monsuunisateilla istuttiin työn ääressä veden loiskuessa kuraisella tiellä. Kesän sateiden vaihduttua syksyn kauniiksi ilmoiksi sama työ jatkui. Talven kylmät yöt ja aamut olivat vaikeimmat. Yön vilun jälkeen pojat keräsivät paperia, pahvia ja puuta lämmitelläkseen hetken tulen ääressä ennen työn alkua. Kevään toivoa säteilevän auringon lämpökään ei tuonut suurta muutosta kuuden pojan tasaiseen työtahtiin.

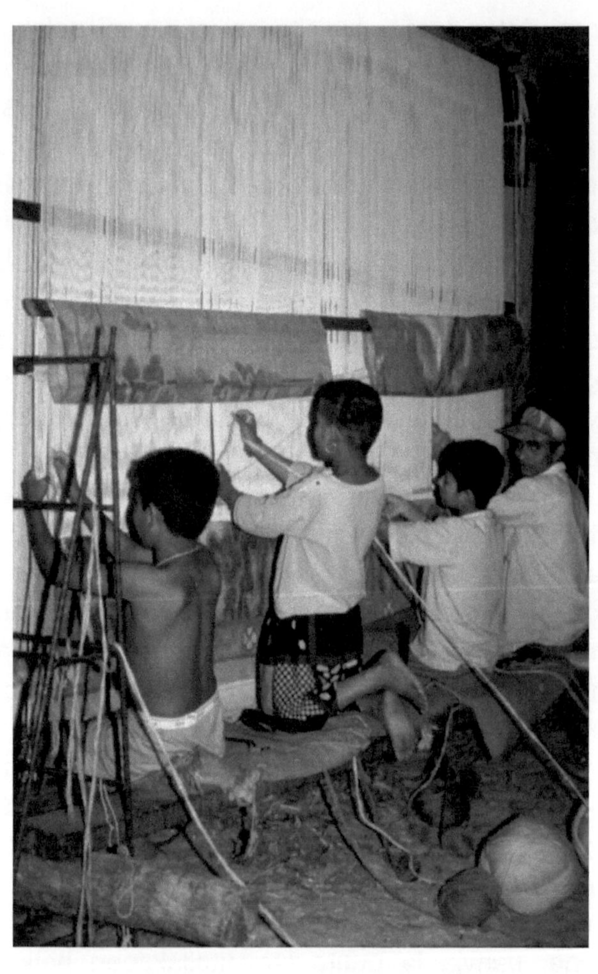

Monsuunisateilla istuttiin työn ääressä veden loiskuessa kuraisella tiellä. Kesän sateiden vaihduttua syksyn kauniiksi ilmoiksi sama työ jatkui. Talven kylmät yöt ja aamut olivat vaikeimmat.

PALUU

10. Kertomus jatkuu

Mailan tarinan voisi päättää tähän. Hänen elämänsä kaltaisia kohtaloita on Nepalissa ja muissakin maissa paljon. Moni ei koskaan nouse.

Jos hän olisi Maili, perheen toinen tytär, tai Dsethi, esikoistytär, tai kuka tahansa köyhän maaseutuperheen tyttö, hänen kohtalonsa saattaisi olla kaukana Intian suurkaupunkien ilotaloissa. Koulupaikan tai hyvän avioliiton lupauksilla heitä petetään ja he päätyvät ilotytöiksi Bombayn tai Kalkutan kaduille. Monet eivät koskaan palaa kotiinsa. Joku saattaa palata parantumattoman sairauden kanssa kotikyläänsä kuolemaan.

Mutta koska meillä on kadonneita etsivä ja rakastava Vapahtaja, voimme jatkaa Mailan kertomusta. On olemassa mahdollisuus, joka nostaa alas joutuneen uuteen elämään.

11. Kokous mattokutomolla

Eräänä keväisenä lauantaipäivänä pysähtyi täyteen ahdettu bussi sen taloryhmän kohdalle, missä mattokutomo oli. Yksi pojista oli sinä lauantaina ollut työssä, muut olivat vain lepäilleet. Nyt he olivat juomassa päiväteetään.

Bussista astui ulos muutamia nuoria. Joillakin oli laukut olallaan ja yhdellä oli kädessään kitara. Hetken he keskustelivat keskenään ja lähtivät sitten kulkemaan eri suuntiin. Kitaraa kantava nuorukainen käveli teetä juovien matonkutojien luo. Nämä katsoivat häntä. Laiha, mukavan näköinen nuori mies, jolla oli hymyilevät kasvot. Ei varmaan paljon yli kahdenkymmenen.

-Namaste, kuinka voitte? Pojat eivät vastanneet kysymykseen.

Nuori mies sanoi nimensä olevan Asis. Hän yritti puhella ja kysellä jotakin, vaikka pojat olivat hiljaisia ja sulkeutuneita. He katsoivat hänen kitaraansa, jollaista eivät olleet ennen nähneet.

Lähellä oli tsijapasal, pieni teepuoti. Asis tilasi sieltä itselleen lasin vaaleanruskeata maitoteetä. Hän istuutui kutomon sementtiselle portaalle toisten

*Maassa, puoliksi pöydän alla, makasi pieni
vuoristokoiran pentu, pyöreä kuin untuvapallo.*

joukkoon. Maassa, puoliksi pöydän alla, makasi pieni vuoristokoiran pentu, pyöreä kuin untuvapallo.

Asis hörppäsi lasistaan kuumaa teetä. Hän alkoi kysellä poikien kotipaikoista ja perheistä. Hänen silmistään ja suupielestään näkyi luonnollinen iloisuus. Vähitellen hän sai pojat vastailemaan ja kertoilemaan jotakin.

-Hetken kuluttua pidämme kokouksen tuossa tien toisella puolella suuremmassa mattokutomossa, Asis sanoi osoittaen kädellään tiilistä tehtyä suurehkoa rakennusta vähän matkan päässä.

-Haluatteko tekin tulla mukaan? Asis kysyi. Pojat katsoivat toisiaan. Maila heilutti ensimmäisenä päätään merkiksi, että hän ainakin lähtisi. Toisetkin heiluttivat päätään. Hekin olivat valmiit lähtemään. Eivät he tienneet, mikä "kokous" oli tai mitä tulisi tapahtumaan.

Sinä päivänä Asis vei pojat kokoukseen. Muitakin ihmisiä tuli sisään. Huoneeseen tehtiin tilaa ja istuttiin lattialle. Asisin ystävätkin tulivat tuoden toisia. Huone tuli niin täyteen, että jouduttiin tiivistämään eteenpäin, että viimeisetkin tulijat sopivat istumaan.

Edessä Asis ystäviensä kanssa nousi ylös. Asisin kaulalla roikkui kitara, jota hän näppäili hiljaa. Yhdellä nuorista oli vyötäröllään perinteinen nepalirumpu. Lattialla oli pieni paljeharmooni, jonka ääressä oli polvistuneena kookkaampi nuori mies.

Asis ilmoitti heidän laulavan joitakin lauluja ja alkoi rytmikkäästi soittaa kitaraansa. Toiset soittajat yhtyivät mukaan ja yhdessä he aloittivat reippaan laulun.

-Dsaja hos, prabhuko, dsaja, dsaja, dsaja, dsaja hos. Eläköön Herra, eläköön, eläköön. Laulu kaikui voimakkaasti.

He lauloivat monta laulua. Joku nuorista kertoi uskoontulostaan. Hänen kylällään oli joitakin nuoria parantunut evankelistojen rukousten kautta. Monia oli tullut uskoon ja hänkin oli silloin ottanut vastaan Jeesuksen.

Vielä lauluja laulettiin ja toisetkin nuoret sanoivat yksinkertaisen todistuksen uskostaan Jeesukseen. Lopuksi Asis avasi Raamattunsa ja luki kertomuksen tullimies Matteuksesta, jonka tulliaseman ohi Jeesus kulki. Tuon halveksitun verojen kerääjän Jeesus kutsui seuraansa ja ruokaili hänen kodissaan. Asis puhui lyhyesti tästä Jeesuksen kutsusta ja rakkaudesta. Rukouksen jälkeen laulettiin vielä pari laulua ja niin kokous päättyi.

Ulos astuessaan Asis kysyi Mailalta ja toisilta pojilta, haluaisivatko he seuraavana lauantaina tulla toiseen paikkaan kokoukseen. Eräs lähellä asuva perhe voisi tuoda heidät. Pojat lupasivat lähteä.

12. Seurakunnan keskellä

Maila katseli suurta ihmisjoukkoa. Heitä täytyi olla useita satoja. Yhä uusia oli tulossa. Ympärillä olevat ihmiset näyttivät kaikki tavallisilta, pikemminkin köyhiltä kuin rikkailta. Kengät ja sandaalit oli asetettu telineeseen oven ulkopuolella. Istuttiin lattialla jalat ristissä. Monet olivat tulleet perheittäin. Naiset ja tytöt asettuivat istumaan vasemmalle puolelle suurta huonetta. Heitä näytti olevan enemmän. Miehet ja pojat olivat oikealla. Monet näyttivät istuvan silmät kiinni ja rukoilevan hiljaa. Ei ollut yleistä meteliä ja juoruilua kuten näin suuressa joukossa olisi ollut muualla. Oli ihmeellisen rauhallinen ja odottava ilmapiiri.

Maila ei tiennyt, mitä olisi tullut tehdä. Hän vain istui rivissä ystäviensä vierellä. Edessä hän tunnisti joitakin niitä nuorista, jotka olivat olleet pitämässä kokousta mattokutomossa.

Asis nousi ylös kitaransa kanssa ja suuren Raamatun kanssa, jonka hän asetti kapealle puhujanpöydälle. Hän tervehti iloisesti ihmisjoukkoa nostaen kädet kasvojensa eteen kämmenet vastakkain:

-Dsai Masihi! Eläköön Messias!

Asis toivotti kaikki tervetulleiksi, erikoisesti ne, jotka olivat tulleet ensi kertaa tähän paikkaan. Hän katsoi huoneen yli Mailan ja tämän ystävien suuntaan ystävällisesti.

Asis johti kokousväen laulamaan monta lyhyempää kuoroa ja pidempää laulua. Noustiin ylös ja laulettiin edelleen reippaita lauluja, milloin taputtaen, milloin kohottaen käsiä ylistykseen. Laulujen välissä rukoiltiin. Maila ja muut pojat eivät osanneet näitä lauluja, mutta heistä oli mukavaa olla mukana ja kuunnella.

Noin tunnin kestäneen alkukokouksen jälkeen astui eteen toinen, vähän vanhempi mies. Joidenkin käytännön asioiden jälkeen hän avasi Raamattunsa ja alkoi puhua Jeesuksesta ja Hänen rakkaudestaan. Hän luki useita Raamatun kohtia ja selitti niitä. Ihmiset kuuntelivat hiljaa.

Puhuja kertoi Livingstone -nimisestä miehestä, joka jätti oman maansa ja meni Afrikan tiettömään viidakkoon. Hän eli elämänsä siellä hoitaen sairaita ja puhuen heille Raamatun Jumalasta. Lopulta tämä mies kuoli vanhana polvillaan vuoteensa vierellä rukoillen tuon suuren metsän asukkaiden puolesta. Hänen Raamattunsa välistä löydettiin myöhemmin lappu, jossa hän oli käskenyt viemään ruumiinsa takaisin kotimaahan haudattavaksi, mutta sydämensä hän oli käskenyt haudata tuohon kaukaiseen maahan. Hänen rakkautensa kuului sille maalle ja sen ihmisille.

Puhuja kertoi Livingstone -nimisestä miehestä, joka jätti oman maansa ja meni Afrikan tiettömään viidakkoon.

Mailaa puhutteli tuo valtava rakkaus kaukaisen metsän asukkaita kohtaan. Kuinka joku voi rakastaa tuntemattomia ihmisiä?

Lopuksi puhuja pyysi tulemaan esiin jokaisen, joka tahtoi tunnustaa uskonsa ja rukoiltavan puolestaan. Maila meni. Hän oli tosissaan. Hän ei hävennyt ystäviensä vuoksi. Ei ollut häpeämistä, sillä heillä ei ollut mitään menetettävää.

Tämä oli muutoksen hetki Mailan elämässä. Hän alkoi käydä kokouksissa, vaikka matka kävellen olikin aika pitkä.

13. Leirillä

Kodeissa valmistauduttiin dasaita, hindujen suurinta juhlaa varten. Oli paras aika vuodesta. Ei liian kuuma. Ei liian kylmä. Koulut olivat kiinni. Toimistot suljettiin. Perheet kerääntyivät koteihinsa ja kaikki olivat iloisella mielellä. Vuohilaumoja kuljetettiin kaduilla myytäviksi dasai-uhreja ja aterioita varten.

Tämä oli Mailan ensimmäinen dasai kristittynä. Hänelle oli kerrottu, että seurakunnat järjestävät yhdessä ns. dasai-leirin. Varsinkin uusille uskoville oli parempi olla pois kodeistaan, joissa vietettiin dasai-juhlaa hindulaisten tapojen ja uhrimenojen mukaan. Monessa perheessä vanhemmat ja appivanhemmat pakottivat kristittyjä lapsiaan ja miniöitään uhraamaan temppeleissä jumalille.

Maila sai muutaman vapaapäivän juhlan kunniaksi ja ilmoittautui leirille. Leiripaikalle hän käveli monen kilometrin matkan repussaan muutamia vaatekappaleita ja huopa käärittynä kainalossa.

Leiripaikka oli kaupungin reunalla erään talon takapihalla. Tultuaan paikalle Maila näki suuren, kirjavan teltan pystytettynä pihamaalle. Tällaisia

Juhlat alkoivat. Pitkin päivää oli raamattutunteja, rukousta ja välillä ruokailua ja lepohetkiä. Illalla oli vielä kokous hehkulamppujen valossa.

telttoja käytettiin muun muassa rikkaampien perheiden häissä.

Juhlat alkoivat. Pitkin päivää oli raamattutunteja, rukousta ja välillä ruokailua ja lepohetkiä. Illalla oli vielä kokous hehkulamppujen valossa. Ympärillä oli pimeää, mutta valaistussa teltassa kristityt viettivät juhlaansa. Saman telttakankaan alle Maila kääriytyi sinä iltana huopaansa olkimatolle toisten leiriläisten joukkoon.

Vuodenaikaan nähden poikkeuksellisesti yöllä satoi vettä. Vettä tuli telttaan sisälle kastellen olkimattoja ja nukkujia huopineen. Oli hieman kurja nousta uuteen aamuun. Pian aamuaurinko kuitenkin paistoi ja niin huovat kuin leiriläisetkin olivat kohta kuivat ja päästiin alkamaan uutta päivää leirillä.

Tämä surkeasti alkanut dasai-leirin toinen päivä muuttui yhdeksi tärkeäksi päiväksi Mailan uskonelämässä. Myöhään sinä iltana rukouksen aikana hän sai Pyhän Hengen kasteen. Pyhän Hengen voitelussa hän koki ikäänkuin kohoavansa korkealle. Tunne oli sama kuin ennen lapsena ping-keinussa. Maila koki sinä iltahetkenä olevansa hyvin lähellä Vapahtajaansa. Rakkaus hoiti vihan ja rakkaudettomuuden keskellä kasvanutta poikaa.

Toisten leiriläisten nukkuessa kääriytyneinä huopiinsa oli yksi leiriläinen polvillaan kädet kohotettuina ja puhuen uusilla kielillä.

14. Kotimatkalle

Maila nousi jyrkkää polkua ylöspäin. Vaikeimmissa kohdissa oli etsittävä kiven tai kuopan antamaa paikkaa varpaille. Aurinko paistoi kuumasti. Ylhäälle päästyä näkyi edessä pitkä alamäki, joka olisi yhtä vaikea kuljettava kuin ylämäki. Sitten olisi uusi ylämäki ja uusi alamäki. Vielä monta nousua ja monta laskua.

Maila oli menossa kotikyläänsä ensimmäistä kertaa sen jälkeen, kun miehet veivät hänet sieltä. Rinnassa sydän jyskytti yhtä hyvin jyrkän rinteen aiheuttamasta rasituksesta kuin kiihkeästä lapsuuden kodin ja perheensä näkemisen odotuksesta. Niin monta vuotta Maila oli istunut kutojan penkillä. Lapsena hän oli juossut näitä mäkiä ylös ja alas. Ne olivat olleet osa hänen luontoaan. Nyt monen vuoden harjoituksen puute tuntui. Jalat olivat väsyneet ja oli pysähdyttävä lepäämään usein.

Ylhäällä Maila katsoi ympärilleen. Vuoret näkyivät kauniina vihreiden kukkuloiden takana. Tämä oli se aika vuodesta, jolloin ne näkyivät kirkkaasti ja näyttivät olevan lähellä. Maila ei muistanut, että hän olisi niitä osannut lapsena näin ihailla. Ne vain olivat olleet siellä, itsestäänselvyytenä. Ainoastaan jonkun kyläläisen kertoessa jännittäviä kertomuksia lumileopardeista ja jännittävistä seikkailuista lumisilla vuorilla, oli lapsen ajatusmaailma liikkunut ihaillen vuorilla. Mutta nyt Maila veti sisäänsä tätä valtavaa kauneutta. Miten kaunis oli tuo valkea vuoririvi, tavoittamaton ja salaperäinen.

Polkuja alas ja ylös kulkiessaan Mailan ajatukset kulkivat menneiden vuosien kokemuksissa. Hänen elämänsä oli kulkenut alas, hyvin alas, toivottomuuteen asti. Mutta hänet oli saatettu sieltä myös ylös.

Viime viikot dasai-leirin jälkeen olivat tuoneet Mailan elämään suuren muutoksen. Leiriltä palattua oli ilo täyttänyt hänen elämänsä. Päivä toisensa jälkeen oli ollut onnellinen ja iloinen. Silloinkin kun isäntä oli suuttunut häneen rajummin kuin koskaan ennen, oli ilo säilynyt. Myös toisten poikien kanssa puhuessaan Maila oli kokenut suurempaa rohkeutta ja viisautta kuin ennen. Hänen onnellisuutensa oli todistus toisille, jotka yhä olivat siinä toivottomuudessa, jossa Maila oli ennen ollut.

Eräs toinen uusi asia oli ilmestynyt Mailan elämään. Hän oli saanut halun opetella lukemaan. Tähänastinen lukutaito oli ollut lähes olematon. Nyt pienet vapaahetkensä Maila tavaili kirjaimia pienestä pehmeäkantisesta aapisesta. Hänen suuri halunsa oli jonain päivänä osata lukea Raamattua ja seurata lauluja omasta laulukirjasta.

Sitten olivat uudet ystävät järjestäneet Mailan pois kutomosta. Hän oli saanut uuden työn puusepän verstaassa, joka kuului kookkaalle harmoonin soittajalle. Hänellä oli mahdollisuus käydä aamuluokalla koulua. Yksi hänen elämänsä unelma toteutui. Koskaan hän ei tulisi menemään pitkälle opintiellä. Hän oli jo liian vanha siihen. Mutta hän otti takaisin menetettyä oikeuttaan käydä koulua.

Nyt Maila sai oikeaa palkkaa, moninkertaisesti sen, minkä entinen isäntä oli luvannut lähettää kotiin. Edelleen oli mahdollisuus antaa kotiinkin, enemmän kuin ennen. Nytkin oli raha varattuna koti-väkeä varten housun vyötärönauhan sisäpuolella.

Ennen uuden työn ja koulunkäynnin jatkumista pääkaupungissa Maila oli halunnut käydä kotonaan. Miten jännittävää olikaan ajatella saapumista yllättäen kotikylään! Mitähän isä ja äiti sanoisivat? Maila ajatteli sisaruksiaan ja toisia kylän lapsia. He olivat varmaan kasvaneet ja muuttuneet. Tuntisiko Sushila vielä hänet? Sitäkään Maila ei tiennyt, olivatko he kaikki siellä. Oliko joku lähtenyt tai oliko vanhuus tai sairaus vienyt mennessään?

Isoa veljeään Maila ei ollut tavannut näiden vuosien aikana, ei edes kuullut hänestä mitään. Olisiko hänestä mitään uutta kuultavaa? Näissä arvailuissa Mailan ajatukset pyörivät hänen astel-lessaan kivistä polkua pitkin kohti kotiaan.

15. Jälleen yhdessä

Maisemat muuttuivat tutummiksi. Näillä kukkuloilla Maila oli juossut poikasena. Nyt hän tiesi lähestyvänsä kotikyläänsä. Hän juoksi viimeiset kilometrit. Huojuvan riippusillankin yli hän kulki juosten. Hän ei pysähtynyt edes rannassa katsomaan lapsuuden uinti- ja leikkipaikkoja. Viimeisen jyrkän nousun hän juoksi hikisenä ylös.

Maila saapui kotipihaan. Hän oli yltä päältä hiestä märkä. Isä istui pihalla kiven päällä. Tyttöjä oli työssä pihan toisella puolella. Kanat nokkivat siemeniä maasta. Koira nukkui kotiovella. Sisältä oviaukosta nousi musta savu.

Maila ryntäsi isänsä eteen, kumartui maahan ja painoi otsansa isänsä jalkoja vasten. Siinä hän oli takaisin kotonaan oman isänsä edessä.

Tilanne oli hämmentävä. Aika oli kuin pysähtynyt. Maila odotti jotain tapahtuvaksi, hän odotti isän sanovan jotain. Mutta poika oli tullut äkkiä, aivan kuin tipahtanut taivaasta. Isä ei nopeasti tunnistanut poikaansa. Tämä oli muuttunut lapsesta nuorukaiseksi.

Vähitellen tilanne selvisi. Maila nosti päänsä. Äiti tuli oviaukosta silmiään hieroen. Savu oli saanut silmät kirvelemään.

-Voiko se olla? Meidän Maila? Onko tämä se ilon päivä, jolloin Maila on tullut? Miten sinä, oma Mailani, voit? Äiti alkoi puhua. Tytöt ja muu kylän väki kerääntyi ympärille. Maila itki. Hän ei voinut heti puhua.

Kylä näytti samalta kuin ennenkin. Isä oli vanhentunut. Hänen selkänsä oli kumarassa ja hänen täytyi kulkea keppiinsä nojaten. Selkä oli ollut kipeä ja työnteko oli käynyt vaikeaksi.

Kantso ja sisaret olivat kasvaneet isoiksi. He liikkuivat vilkkaasti paikasta toiseen tehden kotitöitä. He olivat niin iloisia, kun Maila oli tullut takaisin.

Maila katseli ympärilleen. Jumalan kuvat olivat edelleen keittiön nurkassa. Aamu-uhrit oli laitettu kuvien eteen. Kylän yhteisellä uhripaikalla äiti kävi edelleen tyttöjen kanssa aamuisin.

Maila huomasi kuitenkin pian, että epäjumalten palvelus ei ollut samanlaista kuin ennen. Sitä tehtiin vain, kun ei tiedetty, miten muuten voisi tehdä. Uhrit vietiin enemmänkin pakosta ja kylän hidupappien tähden, kuin omasta halusta.

Dai oli kirjoittanut monta kertaa. Hän oli kirjoittanut uskosta Jeesukseen. Hän oli myös kirjoittanut olevansa hyvin onnellinen. Se oli puhutellut vanhempia. Dai oli myös käynyt pari kertaa kylässä vaaleaihoisen ulkomaalaisen kanssa. He olivat silloin laulaneet ja kertoneet monia asioita elävästä Jumalasta.

Mailan kotiväki ja muut kyläläiset olivat hyvin avoimia kuuntelemaan Mailan kertomusta. He kaikki

Kylä näytti samalta kuin ennenkin.

itkivät yhdessä, kun hän kertoi elämästään pääkaupungissa. He iloitsivat yhdessä, kun Maila kuvasi uskoontuloaan ja Jeesuksen rakkauden aikaansaamaa muutosta elämässään.

16. Tulevaisuuden suunnitelmia

Maila seisoi korkealla, kapealla tasanteella, leikkipaikan yläpuolella. Aurinko oli laskemassa ja maisema hämärtyi nopeasti. Alempana nuorempi veli, Kantso kiisi ping-keinussa ylös ja alas. Maila katsoi vuoririvejä, jotka vielä loistivat laskevan auringon valossa. Muu maisema oli peittynyt varjojen hämärään, mutta vuoret vielä kurkottivat ottamaan vastaan illan viimeisiä säteitä.

Mailan katse kääntyi katsomaan Kantson vauhtia. Tuollainen hänkin oli ollut juuri silloin, kun hänet vietiin kylästä. Ajatuksissaan Maila toivoi pikkuveljelleen helpompaa tietä, kuin itse oli kulkenut. Hän tunsi sisällään sen riemun, jota Kantso sai kokea noustessaan korkealle ja syöksyessään jälleen alas. Itsensä hän tunsi jo liian vanhaksi tähän leikkiin.

Maila ajatteli niitä päiviä, jotka hän oli saanut nyt viettää täällä kotona. Hänen kylänsä tuntui olevan nyt valmis suurelle muutokselle. Sato oli kypsymässä. Hän itse oli saanut korjata jo ensisatoa. Ensimmäisenä oli tullut Sushila. Hän oli innokkaasti kysynyt asioita Mailalta. Hän oli myös kertonut säilyttäneensä kaikkien näiden vuosien ajan ne sanat, jotka heidän oma vieraansa oli puhunut

Hyvästä Paimenesta. Salassa hän oli tahtonut uskoa. Yhdessä Maila ja Sushila olivat rukoilleet ja yksinkertaisella uskolla Sushila oli tarttunut Paimenensa ojennettuun käteen.

Pitkinä iltoina Mailan vanhemmat ja sisarukset olivat kukin saaneet oman tilaisuutensa. Yksi toisensa jälkeen hekin olivat astuneet sisälle uuteen elämään. Maila oli opettanut heille ja muille kokoontuneille kyläläisille helppoja lauluja ja niitä uskonelämän alun yksinkertaisia asioita, joita eivät vaikeat teologiset opit olleet painamassa.

Sitten Mailalle oli jälleen kypsynyt päätös lähteä siihen kaupunkiin, jossa hän oli viettänyt elämänsä surkeimmat vuodet. Seuraavana aamuna hän lähtisi matkalle, tällä kertaa vapaaehtoisesti. Toisin kuin viime kerralla, hän tiesi, mihin oli menossa. Häntä odottivat pääkaupungissa uusi työ ja opiskelu aamuluokalla.

Tulevaisuuden asioita ei voi ihminen päättää, mutta suunnitelmia voi tehdä. Sellaisia oli hahmottunut Mailankin tulevaisuuden varalle. Ne olivat kuin äskeinen auringonlasku ja kirkkaat vuorenhuiput, jotka juuri painuivat yön pimeään. Sieltä ne vielä nousisivat uuteen aamuun.

Maila suunnitteli menevänsä raamattukouluun. Hän oli myös ajatellut, että sen jälkeen hän haluaisi saada oman perheen. Hän oli puhunut asiasta Sushilalle. He olivat suunnitelleet yhteistä tulevaisuutta ja lupautuneet toisilleen.

Hindulaisuudessa isät ja äidit järjestivät avioliitot ja hääjuhlat lapsilleen. Ei ollut tapana, että nuoret sopivat tällaisista asioista keskenään. Siksi Maila ja Sushila olivat keskustelleet molempien heidän vanhempiensa kanssa ja nämä olivat ilolla suostuneet. Häät pidettäisiin Mailan päästyä raamattukoulusta. Heitä odottaisi yhteinen palvelustehtävä Jumalan valtakunnan värikkäillä pelloilla. Kukaties he tulisivat toimimaan juuri täällä omaa kotikylää ympäröivillä laajoilla vuoristoseuduilla. Täällä on laajat alueet, joiden asukkaille ei kukaan ole koskaan julistanut evankeliumia rakastavasta Jeesuksesta.

Viimeiset auringonsäteet hävisivät vuorilta ja tähtitaivas kaartui kauniina yllä. Aamun valjetessa Maila olisi jälleen jyrkillä vuoripoluilla matkalla eteenpäin.

(Tämän sivun kuvat: Kirsti Kirjavainen)

Loppusana

On hyvä mainita vielä lopuksi, että Nepalissa kehitys on viimeisten vuosien aikana mennyt eteenpäin. Vuonna 1990 tapahtuneen demokratia-uudistuksen jälkeen kristittyjä ei enää ole vangittu uskonsa tähden. Suvun ja perheen keskellä voi edelleen olla vaikeata niillä, jotka ensimmäisinä kääntyvät kristityiksi. Kristittyjen lukumäärä on lisääntynyt ja heitä on jo miljoonia. Sana rauhasta ja toivosta menee eteenpäin.

Monet nepalilaiset ja ulkomaalaiset ponnistelevat jatkuvasti lasten hyvinvoinnin ja tulevaisuuden parantamiseksi.

Yksi tärkeimmistä asioista on koulutuksen kehittyminen. Siellä, missä lapset saavat käydä koulua, myös lapsityövoiman hyväksikäyttö vähenee ja loppuu. Arviolta yli 90 % lapsista käy nykyään koulua jollekin tasolle asti.

Monet järjestöt tekevätkin hyvää työtä Nepalissa, kuten muissakin kehittyvissä maissa. Se auttaa lapsia ja nuoria pääsemään eteenpäin elämässään.

Iloisia koululaisia (Kuvat: Kirsti Kirjavainen)

Sanastoa

aama	äiti
bahini	pikkusisko
bhai	pikkuveli
bideshi	ulkomaalainen
buva	isä
dai	isoveli
dasai	hindulainen juhla-aika syksyllä
dhami	noita
dhanjavad	kiitos
didi	isosisko
dsai Masihi	eläköön Messias
dsaja hos	ylistetty olkoon, eläköön
dsethi	perheen vanhin tytär
dsetho	perheen vanhin poika
fitkauli	bambusta tehty kivenheittoväline
gaagro	vesiastia, messinkiä tai alumiinia
kantsi	perheen nuorin tytär
kantso	perheen nuorin poika
kodalo	peltokuokka, tietynlainen
maili	perheen toinen tytär
maila	perheen toinen poika
monsuuni	sadeaika
moto	lihava
naani	pikkuvauva
ping	keinu
Prabhu	Herra
sukuli	olkimatto
thika	otsaan painettava merkki
tsijapasal	teepuoti

(Kuva: Kirsti Kirjavainen)

*Pojat tekevät iloisesti matkaa vaijerilla
kouluun ja myllyyn viljasäkin kanssa*

Iloista matkaa sinullekin! Dhanjavad!

Kysymyksiä

Mitä ajatuksia tarina herätti?

Millainen on Mailan Nepal?

Parasta kertomuksessa minulle oli?

Mitä opit?

Kuinka lapsityö voisi loppua maailmassa?

Miksi muutos on niin vaikeaa?

Miksi ihmiskauppa jatkuu?

Mikä Mailalle oli uskossa tärkein asia?

Miten todistat itse uskostasi?

Mitä tarina herätti sinua pohtimaan?

Mitä me voimme tehdä?

Haluatko tietää lisää? Katso esim.

https://www.fida.info/

https://felm.suomenlahetysseura.fi/

http://www.svk.fi/lahetystyo/